# Querida abuela... Tu Susi

Christine Nöstlinger

*Premio Andersen 1984*

ediciones sm Joaquín Turina 39 28044 Madrid

Colección dirigida por **Marinella Terzi**

*Primera edición: diciembre 1986*
*Segunda edición: julio 1987*
*Tercera edición: enero 1988*
*Cuarta edición: octubre 1988*
*Quinta edición: julio 1989*
*Sexta edición: junio 1990*
*Séptima edición: agosto 1991*

Traducción del alemán: *Marinella Terzi*
Ilustraciones: *Christine Nöstlinger jr.*
Rotulaciones: *José Luis Cortés*

Título original: *Liebe Oma, Deine Susi*

Joaquín Turina, 39 - 28044 Madrid

Comercializa: CESMA, SA - Aguacate, 25 - 28044 Madrid

ISBN: 84-348-2082-X
Depósito legal: M-27078-1991
Fotocomposición: Grafilia, SL
Impreso en España/Printed in Spain
Imprenta SM - Joaquín Turina, 39 - 28044 Madrid

Jueves, 1 de agosto

Querida abuela:

Hemos llegado esta mañana temprano. Mamá se ha metido en la cama. Tiene la cara verde y las ojeras azules. Es que el barco se ha movido muchísimo, y el estómago de mamá no ha podido soportarlo. Papá y yo no tenemos el estómago tan sensible. En el camarote hemos dormido perfectamente. Mamá dice que no volverá a subir a un barco en toda su vida. Dice que lo promete. Pero no podrá mantener esa promesa porque si no, tendrá que pasar en esta isla el resto de sus días. ¡No tenemos tanto dinero como para alquilar un helicóptero que se lleve a mamá de la isla!

Aún no sé si me gusta esto porque todavía no he visto mucho de Isopixos. ¡La agencia le mintió a mamá! Desde la terraza de nuestra habitación no se ve ni el mar ni el puerto. Sólo se ve una pradera con árboles grises. El estómago me gruñe muy fuerte. Papá se ha ido a buscar una farmacia. Quiere comprar una medicina que le calme a mamá el dolor de estómago. Cuando vuelva papá, iremos a comer los dos. Espero que la comida griega sea mejor que la inglesa que comimos el año pasado en vacaciones.
El próximo barco de Atenas llegará el domingo. ¡Paul y sus padres vendrán en ese barco! Me alegro mucho.

"¡NUNCA MÁS!"
¡Susi!
Mamá levantarse de la
y ha ido a vicio. Ha dicho
entra mucho mejor. Pero
le he preguntado
venir a com
gemido

¡Cuando Paul esté aquí, todo será SUPER-SUPER!
Mamá acaba de levantarse de la cama y ha ido al servicio. Ha dicho que se encuentra mucho mejor. Pero, cuando le he preguntado si quería venir a comer con nosotros, ha gemido: «¡Susi, ni una palabra de comidas, por favor! ¡Se me revuelve el estómago de nuevo!».
Mañana volveré a escribirte.

Muchos besos.

Tu Susi

P.D. Tengo que mandarte recuerdos de parte de mamá y papá (los recuerdos de papá te los mando sin que él lo sepa, porque no está aquí).

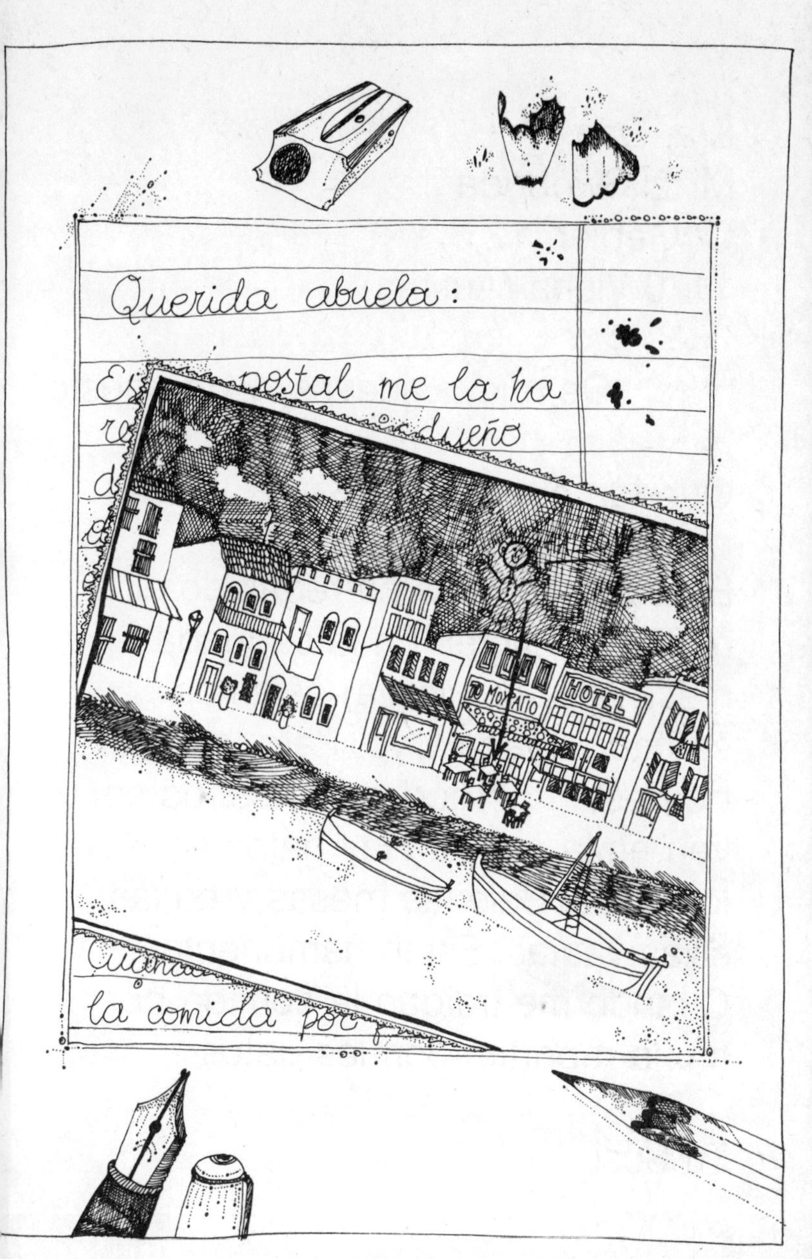
Querida abuela:
postal me la ha
dueño
HOTEL
la comida por

Sra. Dña.
Mizzi Swoboda
C/ Gebler, 12
1170 Viena (Austria)

De nuevo, jueves, 1 de agosto

Querida abuela:

Esta postal me la ha regalado el dueño del hotel. En la segunda mesa (a la izquierda) estamos sentados papá y yo. Pero los gatos, que están por todas partes, no se ven en la postal. Hay gatos en todos los sitios. Bajo las mesas y en las sillas vacías. Están hambrientos. Cuando me traigan la comida por fin, la repartiré con los gatos.

Tu Susi

que
nada...
papá
creo que
20
HELLAS
VIA AEREA
VIA
20
ΕΛΛΗΝΙΚΗ ΔΗΜΟΚΡΑΤΙΑ
Sra.
Dña.
Mizzi S

Sra. Dña.
Mizzi Swoboda
C/ Gebler, 12
1170 Viena (Austria)

Viernes, 2 de agosto

Querida abuela:

¡Nado sin flotadores! ¡Incluso de espalda! Papá y yo hemos hecho un campeonato, y he ganado yo. He llegado la primera a la enorme boya roja. Pero creo que papá ha hecho trampa y no ha nadado más deprisa porque no ha querido.

1.000.000.000.000.000.000 besos.

Tu Susi

Sábado, 3 de agosto

Querida abuela:

Tengo seis gatos «casi» propios. Una gata con cinco gatitos. Todos son negros como el carbón.
Ayer, durante el desayuno en el jardín del hotel, les di queso y salchichón.
Esta mañana temprano ya me esperaban. Papá se ha enfadado conmigo porque también les he dado a los gatos su salchichón y su queso. Pero mamá ha dicho que papá está ya muy gordo y no hace falta que coma salchichón y queso para desayunar.
¡De verdad que papá está muy gordo! Tiene una buena barriga. En casa no me había dado cuenta.

ΕΤΟΣ ΑΓΑΠΩ
ΠΑΡΑ ΠΩΛΙ !!!
NEPO

¡Él tampoco lo había notado! Por eso metió su viejo bañador en la maleta, aunque con el invierno se le ha quedado muy pequeño. Así que se ha tenido que comprar otro aquí. Pero de su talla sólo había un bañador rojo fuerte con enormes lunares amarillos. Mamá dice que no puede mirar a papá con ese bañador desastroso. A mí no me molesta. Así, en la playa lo veo aunque esté muy lejos.

Muchos, muchos abrazos y besos
de tu Susi

P.D. ¡Mañana viene Paul!

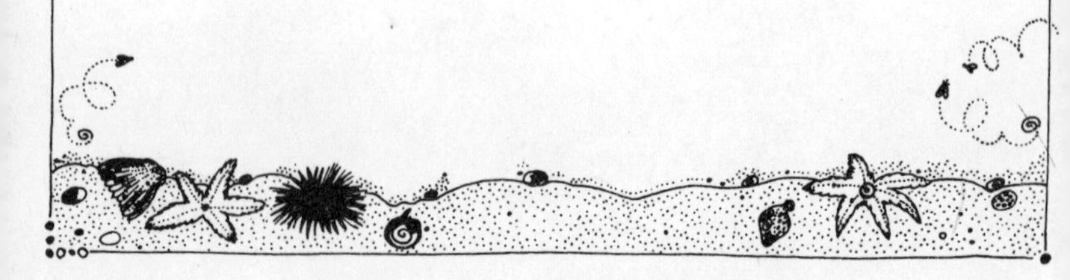

Domingo, 4 de agosto

Querida abuela:

Estoy con mamá y papá en la terraza de un bar del puerto y me siento muy triste. Paul no ha venido en el barco del domingo. A pesar de que lo habían convenido así.
¿Se habrán subido en un barco equivocado? En el puerto de Atenas, El Pireo, hay siempre mucho movimiento. Con tanto ajetreo no se oyen más que voces. A lo mejor, el papá de Paul ha preguntado por el barco que iba a Isopixos y no le han entendido bien y le han dado una respuesta equivocada ¡Y ahora Paul y su familia están en otra isla distinta!
O Paul se ha puesto enfermo y tiene

mucha fiebre. ¡Y está en la cama de su casa! Papá dice que me invento cada historia de terror... Él cree que los papás de Paul habrán decidido quedarse en Atenas para visitar la Acrópolis y el resto de antiguas obras de arte que hay. Dice papá que seguramente vendrán en el barco del jueves. Me gustaría que papá llamara a casa de Paul. Por lo menos, así sabríamos si han salido o no. Pero papá no quiere. Dice que es muy caro. Mamá me ha prometido que llamará si Paul tampoco viene el jueves.
Mamá ya está bien del todo. Pero yo me he quemado porque en la playa no hay ni una sombra.
Estoy roja como un cangrejo. Sólo tengo el trasero blanco porque me lo protege el bañador. Hasta que se

me curen las quemaduras, no podré bajar a la playa. ¡Pero no me importa! Los niños que hay en la playa son tontos. ¡Tontos del bote! Sobre todo una, Anita, que es repugnante. Vive en nuestro hotel, en el mismo piso. Nosotros tenemos las habitaciones 203 y 204. Ella tiene la habitación 211. Parece una vaca. En cuanto me vio el primer día en la playa, vino hacia mí, me miró con desprecio de arriba abajo y me preguntó: «¿Dónde está tu parte de arriba?».

Yo no sabía a qué se refería. Por eso, no le contesté. Entonces me preguntó: «¿Eres muda o no hablas mi idioma?».

Y con un dedo se tocó la frente y con otro señaló su biquini mientras decía: «La parte de

arriba». Y lo dijo como si quisiera enseñarle una palabra nueva a un extranjero. Entonces yo contesté: «¡No tengo pecho, así que no necesito parte de arriba!». Ella me sacó la lengua y gritó: «Bah». Luego se dio la vuelta y echó a correr. Cuando ya estaba un poco lejos, se paró, se agachó, agarró una piedra y me la tiró. Pero no me dio. La piedra fue a parar a la barriga de un hombre gordo, que salió amenazador detrás de Anita. Y a mí me dijo: «Esa niña es el demonio». ¡Y tenía razón! Desde entonces, la muy vaca, cada vez que me ve, me saca la lengua. Y anteayer, cuando llegué a la playa, le dijo a otra chica: «Ya viene ese zoquete».
Y ayer yo estaba arrodillada al lado de un castillo de arena en la playa,

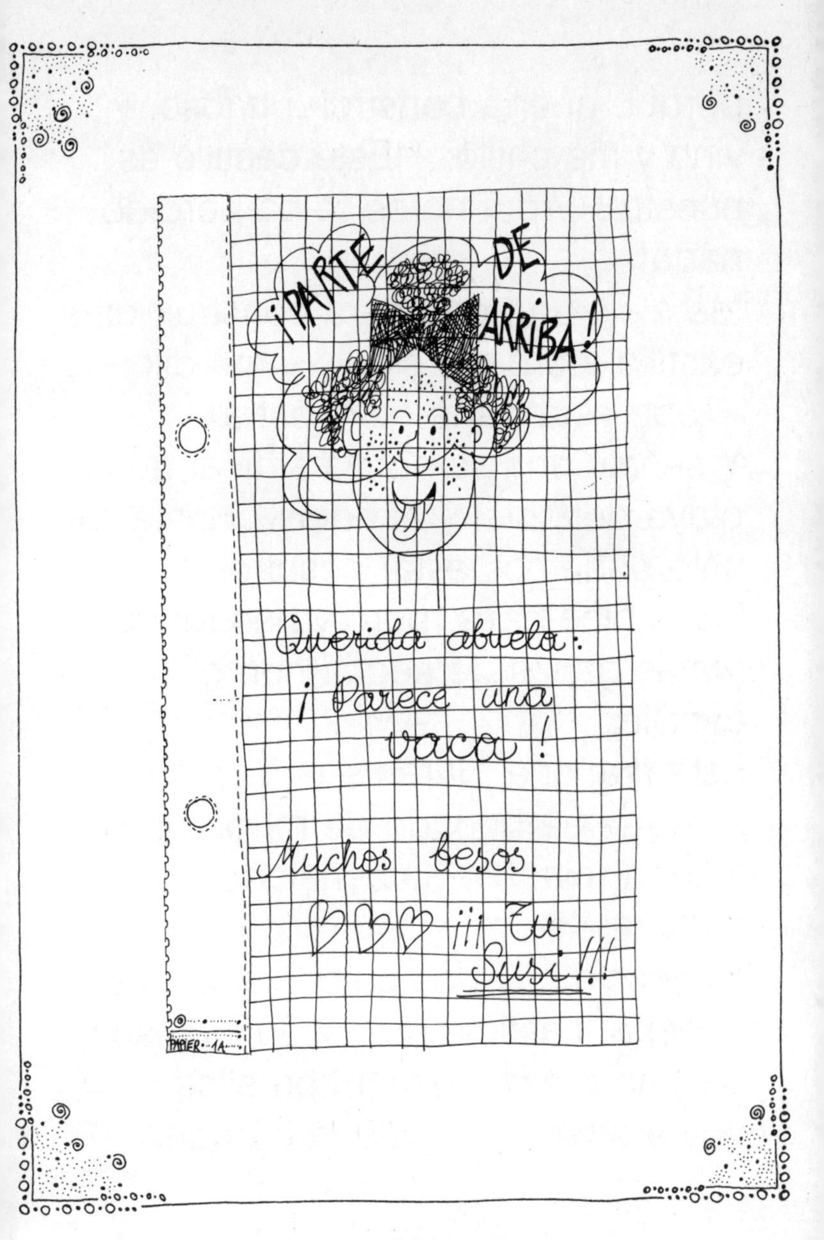
¡PARTE DE ARRIBA!
Querida abuela:
¡Parece una vaca!
Muchos besos.
¡¡Tu Susi!!!
PAPER 1A

porque quería construir un foso, y vino y me chilló: «¡Este castillo es nuestro! ¡Aquí no se te ha perdido nada!».
Me alejé un poco para construir otro castillo, pero me siguió y me dijo: «Toda esta parte es nuestra».
Y señaló una sombrilla al final de la playa del hotel y añadió: «¡Hasta allí, sólo podemos estar nosotros!».
No le hice caso, pero ya no tenía tantas ganas de seguir con el castillo.
Esta mañana, durante el desayuno, Anita se ha burlado de mí porque estaba roja. Me ha señalado y, mientras, se reía.
Aquí sólo hay dos chicos que valen la pena. Lástima que sean ingleses, casi no puedo hablar con ellos.
Voy a acabar ya esta larga carta

porque mamá quiere volver al hotel. Querida abuela, reza para que el jueves llegue Paul.

Muchos besos.

Tu Susi

P.D. Mamá y papá también te mandan besos. Los de mamá muy suavecitos, los de papá superfuertotes.

Querida abuela:
Estos son los chicos ingleses:
¿JAU DU YU DU?
¡¡¡ Tu Susi !!!
PAPEL CUADRICULADO · PAPEL CUADRICULADO · PAPEL CUADRICULADO · PAPEL CUADRICULA

Querida abuela:
1
2
3
4
5 botellas de Coca Cola
en mi barriga
!!!

Sra. Dña.
Mizzi Swoboda
C/ Gebler, 12
1170 Viena (Austria)

Lunes, 5 de agosto

Querida abuela:

Hemos alquilado un coche y estamos haciendo una excursión por el interior de la isla. Hace mucho calor y tengo una barriga tremenda porque me he bebido cinco botellas de coca-cola (a lo largo de toda la mañana, claro). Ya se me están curando las quemaduras.

Besitos.

Susi

Martes, 6 de agosto

Querida abuela:

Uno de los chicos ingleses se llama John; el otro, Charlie. Son hermanos. John tiene diez años; Charlie, ocho. Me lo han dicho por señas. Yo también les he explicado que tengo nueve años. Comprendo un montón de las cosas que me dicen.
Tampoco les gusta la mantequilla de aquí. «Ex», me ha dicho John esta mañana en el *buffet* libre, y señalaba la mantequilla. Tampoco les cae bien Anita. Cuando ha pasado por nuestro lado, Charlie ha arrugado el ceño y ha dicho «stiupid guerl» (seguro que en inglés estas palabras se escriben de otra manera, pero yo las escribo como

las oigo). En el vestíbulo del hotel hay tres máquinas. Voy a bajar para ver si John y Charlie están allí. Pero primero tengo que pedirle a mamá monedas griegas. Por desgracia no se puede jugar gratis. Seguramente mamá no querrá darme dinero. No le gusta que juegue con las máquinas. Dice que es mejor que salga a tomar el fresco. Pero ya hay bastante corriente en el vestíbulo. Las enormes puertas del hotel siempre están abiertas de par en par.
En el jardín del hotel hay una piscina. Tiene agua normal, dulce. No es salada. Hoy, después de desayunar, me he tirado desde el bordillo al agua.
He salpicado algo. Y una señora, que estaba en una tumbona al lado

de la piscina, se ha mojado un poco. ¡Cómo se ha enfadado! No he entendido lo que ha dicho porque ha gritado en un idioma que no conozco. Pero ha puesto el mismo tono de voz que tu vecina, la señora Hoschek. Y parecía tan antipática como ella. Mamá me ha dicho que no me tire más desde el bordillo. Papá ha dicho que me puedo seguir tirando tranquilamente.
Yo he dicho: «Bueno, por favor, entonces ¿puedo o no puedo?»
Y entonces papá y mamá
se han peleado un poco.
Mamá ha dicho que papá no debería meterse cuando ella me educa como es debido.
Papá ha dicho que él también me educa y tampoco quiere intromisiones.

Entonces yo he dicho:
«¡Ya me educaré yo sola!». Y los dos se han reído.
Aquí se dice EUJARISTÓ cuando se quiere decir GRACIAS.
Aún no sé ninguna palabra griega más. Los empleados del hotel hablan conmigo en mi idioma. Pero no lo hacen bien del todo. Se equivocan mucho. La camarera dice siempre: «tuyo mamá» y «tuya papá». Y a mí me dice que soy «un guapo señorita».
Ya no se me ocurre nada más.
¡Hasta mañana, abuela!

Un billón de besos.

Tu Susi

Miércoles, 7 de agosto

Querida abuela:

Hoy el cielo no está azul, sino gris.
Sopla un viento muy fuerte y hace
que se meta la arena en los ojos.
A pesar de eso, hace mucho calor.
Me he peleado con mamá y papá.
Papá dice que soy una sosa porque
no juego con los otros niños. ¡Pero
los otros niños tampoco juegan
conmigo! ¡Todos hacen lo que
ordena la tonta de Anita! Cuando
ella me saca la lengua, también me
la sacan los demás.
Y a los dos ingleses no los he vuelto
a ver. Seguramente se han ido a
otro sitio.
Tenían un coche, un *jeep.*

Además, mamá se enfada porque
no me gusta la comida.
A ti, abuela, tampoco te gustaría.
La mantequilla está rancia, la carne
es muy grasa, el pescado tiene
muchas espinas, en los entremeses
ponen un arroz con un
condimento extrañísimo, y en la
ensalada, muchísimo aceite.
Lo único que está bueno son las
patatas fritas, y en la pastelería
venden un pudín que se puede
comer. ¡Qué lástima que no estés
aquí, abuela! Si estuvieras aquí,
podrías explicarle a mamá que un
niño puede subsistir durante cuatro
semanas a base de pudín, patatas
fritas y melocotones. ¡A mí, mamá
no me cree!
Mañana viene el barco del jueves.

¡Cruza los dedos, querida abuela, para que Paul venga en el barco!

Muchos besos.

Tu Susi

P.D. Cuando te llegue mi carta, Paul ya estará aquí. Así que ahórrate el cruzar los dedos.

Querida abuela:
¡HOLA! ¡¡¡YUUU!!!
ANEMOΣ
¡Este es el barco del jueves y ése es Paul!
Tu Susi
MUCHOS BESOS

Jueves, 8 de agosto

Querida abuela:

¡Paul está aquí! Ha desembarcado con sus padres a las siete en punto de la mañana. He ido a esperarlo. ¡Completamente sola! He hecho que el recepcionista del hotel me llamara a las seis.
¡Imagínate, abuela! El avión en el que Paul viajó a Atenas salió con una hora de retraso, y el taxi en el que fueron del aeropuerto al puerto se quedó atascado con el embotellamiento. Luego, se perdieron en el puerto y, cuando finalmente llegaron al muelle del barco de Isopixos, lo único que pudieron hacer fue despedirlo con la mano.

Ahora Paul está en mi cuarto y duerme porque por la noche, en el barco, con tanto vomitar, no ha podido dormir. Y duerme en mi habitación porque ha pasado algo con las reservas. La mamá de Paul reservó, como nosotros, dos habitaciones. Una para Paul y otra para sus padres. Pero en el hotel les han guardado una habitación de tres camas. El recepcionista le ha dicho al papá de Paul: «Gran habitación, bonita habitación, niños pequeños duermen con mamá y papá».
«No me importa lo más mínimo», ha dicho el papá de Paul.
«En la agencia pagamos por dos habitaciones. ¡Así que deberán darnos dos habitaciones!»
Y se ha enfadado mucho.

La habitación de tres camas es más bien pequeña.
Y la tercera cama no es una cama normal. Es de acero y se dobla por la mitad, y es tan estrecha como una hamaca de *camping.*
El papá de Paul ha doblado la cama y la ha colocado delante de la puerta de la habitación.
«Aquí hay una habitación doble para mi esposa y para mí», ha gritado. «Ahora falta una habitación individual para mi hijo».
La camarera, que le ha enseñado la habitación triple, no le ha entendido y sólo ha dicho: «No gritar tanto, por favor». Entonces han venido el recepcionista y el director del hotel para tranquilizar al papá de Paul, pero éste no les ha hecho caso y ha seguido gritando que todos eran

unos «levantinos», y que a él no le tomaban el pelo, y que ahora mismo llamaba a la agencia por cuenta del hotel.

En el pasillo se ha formado un corro enorme porque todos los clientes han venido a escuchar. Y la mamá de Paul no paraba de golpear al papá de Paul en el hombro y de decirle: «¡Cálmate, Paul! ¡No te excites, Paul!».

El papá de Paul también se llama Paul. Yo le he enseñado a Paul mi cuarto. Él sólo quería descansar unos minutos en mi cama. Ha empezado a contarme algo del aeropuerto, pero después de la segunda frase ya se había dormido. Ya hace más de una hora que duerme, y al papá de Paul ya no se le oye gritar.

No entiendo que muchas personas se encuentren mal cuando van en barco.
Es estupendo que un barco se balancee. A mí el barco me acunó mientras dormía.
Papá acaba de venir a mi cuarto para decirme que vamos a desayunar. Pone una cara... Me ha dicho: «Querida hija, creo que no me resultará fácil tratar con los padres de tu amigo».
Está enfadado porque el papá de Paul se ha excitado tanto. El recepcionista y la camarera no pueden hacer nada si una agencia tiene un error. Y no puede esperar nada de una gente que llama «levantinos» a los griegos. Es como si a un francés le llaman

«gabacho». A mí tampoco me gusta mucho el papá de Paul.
Prefiero a la mamá de Paul. Pero el que más me gusta es Paul, claro. Cuando se despierte, se lo enseñaré todo. La playa y las barcas. La iglesia y las casas viejas. La calle de los restaurantes y el callejón de las tiendas. En la pastelería le compraré un pudín amarillo. ¡Seguro que le gustará! Y le enseñaré todas las caracolas que he reunido. Y le llevaré a ver al viejo del puerto. Remienda redes mientras canta. Canta con una voz desastrosa. Resulta muy cómico. Paul se ha traído un bote hinchable. Hasta mañana.

Tu Susi

P.D. ¡Te quiero, abuela!

Querida abuela:
Te he dibujado
al viejo del
puerto

Domingo, 11 de agosto

Querida abuela:

Ya he roto mi promesa de escribirte cada día una carta o una postal. Pero ayer y anteayer, de verdad que no tuve tiempo para escribir, porque para escribir se necesita tranquilidad y no hemos tenido ni un momento de calma. Pero he pensado que tampoco recibirás una carta mía todos los días aunque yo eche cada día una al buzón. El correo lo llevan en barco y el barco sólo sale los lunes y los viernes. Por eso te puedo escribir ahora las cartas del viernes y del sábado. Así que:

*Carta del viernes (9 de agosto)*

Paul y yo estuvimos al mediodía y por la tarde en la playa. ¡Paul sigue siendo un gran embustero! Afirmaba que sabía nadar perfectamente. Que había conseguido el primer premio entre todos los de su clase y que sólo se ponía los flotadores para jugar. Hice ver que lo creía. El bote hinchable que ha traído Paul tenía tres agujeros. Mientras Paul se echó la siesta, papá y yo arreglamos el bote. Al final, Paul tiene un cuarto para él solo. Es el que hay enfrente de mi cuarto.

El papá de Paul estaba muy orgulloso de su prueba de fuerza. Dijo: «Bueno, hay que empujar un poco a estos levantinos».

Lo dijo por la noche, cuando estábamos sentados en el jardín del hotel. Entonces papá se levantó y se marchó sin más. Pero el papá de Paul no notó que se había ido por su causa.

*Carta del sábado (10 de agosto)*

Se ha armado un cacao... (eso lo dice Paul cuando hay gran excitación). Paul y yo navegábamos con el bote hinchable. Jugábamos a que éramos náufragos y buscábamos una isla. Pero, como había mucha gente en la orilla, remamos un poco mar adentro. Cuando se es un náufrago, la gente molesta. ¡Los náufragos tienen que estar solos! Mar adentro, donde

estábamos solos de verdad, descubrimos una roca.
«¡Tierra a la vista!», gritó Paul, y nos abrazamos porque por fin estábamos salvados.
Remamos hasta la roca y subimos a ella. Paul también quería subir el bote para que no se fuera flotando.
Pero el bote se enganchó con un saliente de la roca y, al tirar nosotros más fuerte, hizo «rasss» y el muy estúpido se rajó y se fue todo el aire.
Paul no llevaba sus flotadores y no se veía a nadie en toda el agua.
Berreé pidiendo ayuda, pero no me oyó nadie. También hice señales con los brazos, pero nadie me vio.
Paul empezó a llorar. Pero, a pesar de eso, no admitió que no sabía

nadar. Dijo que había tiburones en el agua y por eso no podía nadar hasta la orilla. ¡Y yo no sabía si tendría fuerzas para nadar hasta allí! Jamás lo había probado en una distancia tan larga. Pero, como Paul lloraba dando gritos, lo probé. Bajé por las rocas, mientras rezaba: «Ángel de la guarda...». Y me tiré al agua. ¡No estaba tan lejos! Y no tuve que habérmelas con ninguna ola gigante.

Mamá y la mamá de Paul estaban tomando el sol en la playa. Fueron nadando con el colchón hinchable hasta las rocas y remolcaron a Paul. Yo me quedé en la playa. Estaba demasiado cansada como para ir y volver otra vez.

¡Imagínate, abuela! La mamá de

¡¡¡RASS!!!

Paul nos pidió que no le contásemos nada al papá de Paul. Si se entera, castigará a Paul tres días encerrado en su cuarto del hotel.
¡No le contamos nada, claro! Pero resulta gracioso que ellos dos le escondan cosas. ¿No te parece?
Por la noche, papá me hizo una condecoración con el papel de estaño de la tableta de chocolate.
Es una condecoración de salvamento-SOS y me la prendió del camisón.
Me dijo que estaba orgulloso de mí. Porque fui nadando hasta la orilla. ¡Y porque no soy ninguna chillona!
Hoy me he puesto la condecoración en el bañador. El papá de Paul me ha preguntado por qué llevaba la condecoración. Del susto me he

¡ZUUM!

puesto como un tomate. Pero mamá ha contestado rápidamente: «Para recompensarla de que ayer en la habitación matara diez mosquitos».

*Carta del domingo*

De hoy aún no te puedo contar mucho, todavía es por la mañana. Me aburro. Paul se ha ido con sus padres al pueblo vecino. Me hubiera gustado ir, pero no me han invitado. Y yo no me he atrevido a preguntar si podía ir con ellos.
He estado un rato abajo, en la playa, pero ha venido la tonta de Anita y ha empezado a fastidiar.
¡Menuda vaca! Los tres últimos días, como yo estaba con Paul, me ha dejado en paz.

Esta tarde, cuando vuelva a la playa y ella venga otra vez a incordiar, no le voy a hacer caso. ¡Le voy a dar una! ¡Palabra de honor! ¡No se creerá que se le puede permitir todo! Y tiene un papá y una mamá encantadores. He estado hablando con ellos esta mañana en la piscina. Me han preguntado que si yo era de Viena y que dónde vivía. Y cosas así. En todo caso, son gente muy normal. Y que tengan una hija tan anormal, debe de ser tristísimo para ellos.

Se lo he dicho a mamá y ella me ha contestado que los padres no se dan cuenta de que tienen hijos tontos. ¡Pero no puede ser! Los padres de Anita tienen que notar que siempre me saca la lengua y que siempre está maquinando algo en contra de todos los niños.

Muchos besos.

Tu Susi

Sra. Dña.
Mizzi Swoboda
C/ Gebler, 12
1170 Viena (Austria)

Lunes, 12 de agosto

Querida abuela:

Paul tiene una insolación, pero pequeñita. Lo que pasa es que chilla tanto que parece que ya no le queda piel en todo el cuerpo. No tengo nada nuevo que contarte.

Besos.

Susi

ΙΣΣΟΠΥΧΩΣ
ΒΑΡΒΑΡΑ

Sra. Dña.
Mizzi Swoboda
C/ Gebler, 12
1170 Viena (Austria)

Martes, 13 de agosto

Querida abuela:

Mamá me ha comprado unas sandalias. Y para ti, un regalo precioso. Pero no te voy a decir lo que es. Paul y yo hemos construido un castillo de arena. Papá y el papá de Paul nos han ayudado. ¡No hay ningún castillo tan bonito como ése! ¡Palabra de honor!
100.000 besos.

Tu Susi

Miércoles, 14 de agosto

Querida abuela:

Hace tanto que estoy aquí que ya lo sé con seguridad: ¡Me gusta Isopixos!
Si de verdad mamá no quiere subirse nunca más a un barco y se tiene que quedar aquí para siempre, me quedaré con ella. Aquí podríamos pasarlo muy bien. El portero del hotel me ha contado que en febrero ya florecen todos los árboles y que, cuando hace mucho frío, están a cinco grados. Tendría que aprender griego, claro, para poder ir al colegio. Mamá y yo también tendríamos que ganar dinero. Podríamos pintar piedras,

calabazas secas y camisetas y vendérselas a los turistas.
Y gastaríamos menos dinero que en casa porque no necesitaríamos botas de invierno, ni sombreros de piel ni *anoracs.* ¡Pero papá tendría que quedarse! Sin él no me apetece permanecer aquí. Y tú tendrías que venir a visitarnos a menudo.
Ayer, en el autobús que viene desde la otra punta de la isla, llegó una familia de Viena. Se ha alojado en nuestro hotel. La familia está formada por una mamá gorda, un papá gordo y dos hijos gordos.
¡En total deben de pesar 400 kilos! Se nota que son de Viena cuando hablan.
Uno de los niños gordos está en la piscina leyendo un álbum de Micky Mouse y comiendo salame. Tiene

una pieza entera de salame. Corta gruesas lonchas y se las mete en la boca. No tiene pan. Si lo miro, se me revuelve el estómago.
Paul está sentado a mi lado y también escribe una carta a su abuela, pero no se le ocurre nada. En su hoja sólo pone: «Querida abuela». Y a menudo se queja: «Pero ¿qué pongo?». Paul le ha tirado una piedrecilla al gordo del salame, pero no debe de tener nervios bajo la piel, porque ni se ha inmutado. El otro niño gordo está en la piscina. No nada bien. Está haciendo el muerto. ¡Genial! Tengo que probarlo yo también. Paul cree que sólo pueden hacerlo los gordos. Porque la grasa flota.
Tengo que dejar de escribir.
Mamá me ha llamado desde

Querida abuela:
Esta es la familia de Viena. ¡Al natural son mucho más gordos!
Padre
Madre
400 kg
SALAME
1er niño
2° niño

la terraza para que vaya a comer.

No tengo hambre. ¿Por qué hay que comer si no se tiene hambre? Siento algo extraño en la barriga. No podré comer ni un bocado. Y mamá volverá a gritarme y dirá que soy una «tiquismiquis». Y papá volverá a chillarme que pierde la paciencia conmigo. Querida abuela, si no hubiera comida y cena, mi vida sería mucho más bonita.

Mil besos.

Tu Susi

P.D. ¿Qué tal va mi ficus? ¿Tiene alguna hoja nueva? ¿Hablas con él cuando lo riegas? ¡No lo olvides! Está acostumbrado a que le hable. Si no, se molestará y se le caerán las hojas.

-1-
Que suela:
-2-
El chico gordo está haciendo el muerto
¡Genial!
¡EL GORDO EN EL AGUA!
Susi
grasa flota.
porque la
que
-3-
para que vaya a comer.
tengo
mío
de-

¡Te deseo mucha felicidad!
¡¡¡ Tu Susi !!!
Besos, Besos
Querida abuela: ¡Felicidades en el día de tu santo!
χρονιὰ πολλά
qualcosa per te
Μὲ πολλοὺς χαρούμενους

Jueves, 15 de agosto

Querida abuela:

No te enfades porque me haya acordado hoy mismo de que era tu santo. Es porque aquí no tenemos un calendario colgado de la pared. Te deseo lo mejor en el día de tu santo. Te deseo el doble de lo que tú misma te deseas (y tres veces más).

Un millón de besos.

Tu Susi

Viernes, 16 de agosto

Querida abuela:

Estoy en la cama y tengo fiebre, y me duele el estómago y la barriga. Ya he ido diez veces al *water.* Acaba de venir un médico. Un médico inglés. Vive en el hotel. Ha dicho que tengo una infección intestinal. Tengo que tomarme tres veces al día una pastilla negra como el carbón. Sabe asquerosa. Mamá me ha pedido perdón. Ayer estaba muy enfadada conmigo. Sospechaba que me había comprado pudín amarillo y melocotones a escondidas y por eso no había probado ni un bocado en la comida. Y en la cena. ¡Ahora se

ha dado cuenta de que ayer ya
debía de estar enferma!

Abuela, mañana continuaré la carta.
Estoy muy cansada. Voy a dormir
un poquito.

Sábado, 17 de agosto

Querida abuela:

Hoy ya estoy mejor. Ya no tengo fiebre y tampoco tengo que ir tantas veces al *water.*
En la cama me aburro. Esperaba que Paul vendría y jugaría conmigo a las cartas, pero Paul no ha podido venir. ¡Las infecciones intestinales son contagiosas! Lo ha dicho el papá de Paul.
Si mañana tampoco tengo fiebre, podré levantarme y sentarme en una hamaca del jardín del hotel. Me sentaré cerca de los servicios.
¡Espero que mañana ya no haya peligro de contagio! Así Paul podrá jugar conmigo.

He traído las cartas para jugar
a la mona y a las familias.
Abuela, estoy cansada otra vez.
Mañana seguiré.

Domingo, 18 de agosto

Querida abuela:

¡Estoy buena otra vez! Sólo me tiemblan un poco las rodillas. Estoy sentada junto a la piscina, bajo una sombrilla, en una hamaca amarilla. El camarero me ha traído una jarra con té frío y tres galletas. Las infecciones intestinales también tienen su lado positivo. ¡Nadie me dice que tengo que comer algo!
El niño gordo, el del salame, me ha traído un montón de álbumes de Micky Mouse. Me los ha regalado. Hace dos horas que espero a Paul. Me ha prometido que jugaría a las cartas conmigo. Me ha dicho: «Bajo un momentito a la playa, nado un poco y vengo».

Mamá y papá están en el bar. Han conocido a un matrimonio de Linz y cotorrean muy a gusto con ellos. El marido se llama Isidor.
¿Dónde estará Paul? Casi es mediodía. Si no viene pronto, ya no podremos jugar a las cartas.
Después de comer, Paul tiene que echarse la siesta. Él no quiere. Pero su papá le obliga. ¡Lo encuentro espantoso! Paul no es ningún bebé. Él ya sabe si está cansado o no.
El papá de Paul no es un padre demasiado bueno. Ahora que vivimos juntos, lo noto. ¡Se pasa el día riñendo! ¡La cosa es continua! Dice: «¡No digas groserías!» «¡No hagas ruidos al comer!». Luego: «¡Anda bien!» «¡No te rías tan tontamente!». O: «¡Cierra la boca

¡¡¡Cierra la boca cuando comes!!!

¡NO DIGAS GROSERÍAS!

¡NO TE RÍAS TAN TONTAMENTE!

¡No hagas ruidos al comer!

¡Anda bien!

¡ESTE COMPORTAMIENTO ES INTOLERABLE!

El papá de Paul

Querida abuela:

Así todo el día. A Paul nunca le dice nada simpático. ¡Se pasa el día riñendo!

cuando comes!». Nunca le dice nada simpático. ¡Yo no soportaría tener un papá así!
El chico del salame y su hermano han venido. Me han preguntado si quería jugar con ellos. Les he dicho que esperaba a Paul porque iba a jugar con él a las cartas. Entonces se han ido. El chico del salame y su hermano son muy simpáticos. Ya sé cómo se llaman.
Se llaman Axel y Andi. Lo que no sé es quién es Axel y quién es Andi.
De apellido se llaman Amon.
El padre se llama Anton.
Y la madre, Anna. Así que las iniciales de todos son A.A.
¡Es práctico!
Sé sus nombres porque son una familia que habla muy alto. Cuando hablan entre ellos,

puede oírlos toda la gente que está en el jardín del hotel. El papá de Paul se pone nervioso todos los días por este motivo.
«Ese comportamiento es intolerable», le ha dicho a mamá.
Mamá me ha explicado que intolerable es algo parecido a insoportable.
Pero el gordo papá A.A. es mucho más soportable que el papá de Paul.
El gordo papá A.A. es muy divertido.
Juega con sus niños A.A. en la piscina. Él hace de hipopótamo y sus hijos cabalgan sobre él.
Se montan sobre su espalda. Y el hipopótamo bucea. Abuela, no te puedes ni imaginar lo que salpican.
Cuando los A.A. juegan a lo del

hipopótamo, se quedan solos en la piscina.
Viene Paul. Dejo la carta.

Besos.

Susi

P.D. ¡Caracoles! No era Paul, era uno que de lejos se le parecía.

Lunes, 19 de agosto

Querida abuela:

Ya estoy buena, pero las cosas no me van bien. ¡Paul es un carota! Me lo ha demostrado durante el desayuno. Estábamos en el jardín, mamá me estaba untando mantequilla en una tostada y el papá de Paul decía que, después de una infección intestinal, no se puede comer mantequilla. Anita ha venido a nuestra mesa. Se ha acercado a Paul, le ha puesto una mano sobre el hombro y le ha preguntado: «¿Ya has acabado, Paul?». Paul no ha dicho nada, pero la mamá de Paul ha dicho: «¡Primero, Paul tiene que acabar de desayunar!». (Paul no

puede dejar nada en el plato. ¡Ni una mísera miguita!)
Paul ha devorado el pan y se ha bebido el té de un trago. El papá de Paul le ha preguntado a Anita: «¿Tenéis algún plan, vosotros dos?». «Sí», ha dicho Anita. «Ayer descubrimos una cueva. Tenemos que ir allí. ¡La amueblaremos como una casa de verdad!». El papá de Paul ha preguntado dónde estaba la cueva, y Anita se lo ha contado. ¡Menuda tontería! ¡Ellos no encontraron la cueva! ¡La cueva la descubrí yo! Y, el día antes de ponerme enferma, se la enseñé a Paul. Y ni siquiera es una cueva de verdad. Es sólo un agujero en la roca. No es mayor que la caseta de un perro San Bernardo. ¿Cómo se va a poder amueblar?

Paul se ha puesto rojo y me ha mirado de reojo. He notado que tenía miedo de que yo dijera que era yo quien había descubierto la cueva. ¡Pero no he dicho nada! ¡Ni una palabra! Entonces Paul se ha levantado para irse con Anita.
«¡Eh, Paul!», ha gritado su mamá, «llévate a Susi, ¡ya está buena!».
Paul ha hecho como si no lo hubiera oído, pero Anita ha dicho: «La cueva es demasiado pequeña para tres».
Ha tomado a Paul de la mano y lo ha alejado de la mesa. «No estés triste», me ha susurrado mamá.
«No lo estoy», le he contestado yo.
Pero hubiera empezado a gritar allí mismo. ¡Durante seis años Paul ha sido mi mejor amigo! ¡Desde el jardín de infancia! ¡Y en primero!
¡Y desde que vive en el campo nos

hemos escrito todas las semanas!
En casa tengo un montón de cartas en las que pone que se alegra «cantidad» porque me verá en vacaciones de nuevo. Y ahora se va con la vaca más tonta del mundo y me deja aquí sentada. ¡Es horrible! ¿O no?
Pero no voy a dejarme apabullar. No le voy a dar a esa tonta de Anita la satisfacción de que me vea llorar. Voy a la piscina. Seguro que los niños A.A. están allí. Si quieren jugar conmigo, jugaré con ellos. Y a Paul no le voy a mirar a la cara nunca más. ¡Palabra de honor!

Muchos abrazos y besos.

Tu Susi

Miércoles, 21 de agosto

Querida abuela:

Mi antiguo amigo Paul acaba de estar aquí. Me ha preguntado si quería ir con él a la pastelería a comprar un pudín amarillo.
«No, gracias», le he dicho.
Sé perfectamente que la idea de invitarme no es suya. Su mamá le ha obligado. Le ha dicho: «¡Ocúpate de Susi! ¡Así no se trata a los amigos! ¡Deberías avergonzarte, Paul! ¡Ahora mismo vas a verla y te reconcilias con ella!».
Lo he oído cuando he salido de mi cuarto. Quería ir a la habitación de papá y mamá; pero, cuando he oído la voz de la mamá de Paul, que salía de su habitación, me he

quedado parada y he escuchado. ¡Ya lo sé, abuela, no se debe escuchar! Pero ha sido estupendo haberlo hecho. Si no hubiera escuchado, habría ido con Paul a comprar el pudín y me habría creído que me quería otra vez. Luego nunca hubiera comprendido que no me quería y que lo hacía sólo para obedecer a su mamá.

¡Ojalá me pudiera marchar en el barco del viernes! Le he dicho a papá que ya no quería quedarme aquí. Papá se ha reído de mí. «Condenada chiquilla», ha dicho, «no nos estropees las vacaciones». Es fácil hablar para él. Mamá no se reía. Pero tampoco me comprende. Dice que no tengo que ser bobalicona. Anita ya no me saca la lengua, ahora cada vez que pasa a

Querida abuela,
tu Susi

mi lado dice: «¡Fastídiate!».
¡Pronto estaré contigo, abuela!
Me alegro. ¿Me harás una sopa de fideos de bienvenida? ¿Y pasta con salsa de vainilla?

Un fuerte beso de tu Susi

Sra. Dña.
Mizzi Swoboda
C/ Gebler, 12
1170 Viena (Austria)

Jueves, 22 de agosto

Querida abuela:

¡Hoy sólo —con mucha prisa— un saludo! Los A.A. me han invitado a una excursión en barco. A las 10 en punto tengo que estar en el vestíbulo del hotel.
Besos.

Susi

P.D. Acabo de enterarme de que Anita se va mañana.

MAP CARTA
KATARA
31
KALAMA
ERESSOS
12
13
ARTA
ITALIA
Thiamis
IGOUMENITSA
39
LAKA
8
PAXI
PAXI
PLATARIA
PARAMITHIA
SIVOTA
10
15
ISSOPYXOS

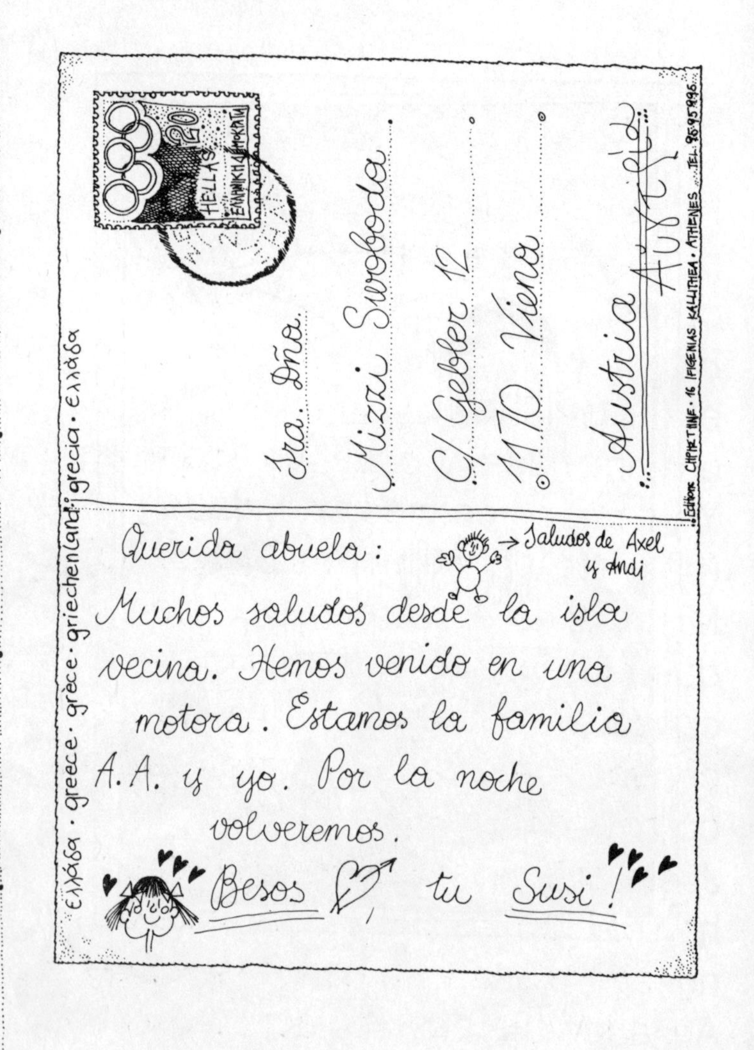

Sra. Dña.
Mizzi Swoboda
C/ Gebler 12
1170 Viena
Austria
ελλάδα · greece · grèce · griechenland · grecia · ελλάδα
Querida abuela:
Saludos de Axel y Andi
Muchos saludos desde la isla vecina. Hemos venido en una motora. Estamos la familia A.A. y yo. Por la noche volveremos.
Besos, tu Susi!

Jueves, 22 de agosto

Querida abuela:

Hoy ya te he mandado una postal, pero antes de acostarme tengo que contarte una cosa rápidamente. Después de cenar, estábamos en el bar del hotel. Mamá ha tomado una limonada, y papá, un «campari». Y yo me he comido un helado (de pistacho, frambuesa y vainilla). Mientras me lo comía, casi me duermo, porque estaba muy cansada de la excursión en barco con los A.A. (Ya te contaré mañana cómo me ha ido.)
Justo antes de que nos fuéramos, han venido los papás de Anita a nuestra mesa y se han despedido. Anita también ha venido. Ha hecho

una reverencia delante de mamá. (A mí me ha ignorado totalmente.) Mamá le ha preguntado: «Bueno, ¿estás triste porque regresas a casa? ¿O te alegras?».
Entonces Anita ha contestado: «No me alegro de volver a casa. Pero por ver a Oliver me alegro muchísimo». Y la madre de Anita se ha reído y ha dicho: «Sí, sí, Oliver. ¡Se tienen un amor increíble!».
Creí que me iba a pasar algo. ¿Es posible que esa persona sienta un amor increíble por alguien? Paul me da un poco de pena. Pero sólo un poco.
Del sueño que tengo ya no puedo sostener el bolígrafo.
¡Hasta mañana, abuela!

Un beso muy fuerte. Tu Susi

Viernes, 23 de agosto

Querida abuela:

¡Ayer todo fue muy, muy divertido! ¡Anton (el papá A.A.) es un hombre estupendo! ¡Jugamos juntos al hipopótamo! Y a Anna (la mamá A.A.) lo que más le gusta comer son patatas fritas y pudín amarillo y le encanta la sopa de fideos y la pasta vienesa. Y Axel y Andi (el mayor es Andi) son tan divertidos que no te lo puedes ni imaginar. Hacía tiempo que no me reía tanto como ayer. Durante todo el viaje en barco hablamos en griego. Nos inventábamos palabras que sonaban a griego. Y Axel me enseñó cómo se hace el muerto sin hundirse.

¡Ahora ya lo sé hacer! ¡No hace falta ser gordo para hacerlo!
Hoy tenemos día de descanso. Estamos en la piscina y miramos álbumes de Micky Mouse. Por la tarde iremos a recoger caracolas. Ya tengo muchas marrones, pequeñitas. Me podré hacer un bonito collar. Necesitaré algo puntiagudo para hacer los agujeros.
Mamá, papá y el matrimonio de Linz han alquilado un coche y se han ido a la otra punta de la isla. Estaban un poco tristes porque yo me quedaba aquí. Pero a mí no me gusta achicharrarme en coche. Y esos cuatro trozos de piedra que quieren visitar no me interesan lo más mínimo.
Paul deambula a menudo detrás de

mí. Ahora está en la mesa de al lado y juega al dominó consigo mismo. Sí, sí, así le va a uno cuando su «enamorada» se marcha.

Besos.

Tu Susi

Sábado, 24 de agosto

Querida abuela:

La mamá de Paul ha estado conmigo. Me ha pedido que haga caso a Paul otra vez. Ha dicho que Paul está muy triste porque yo ya no hablo con él. ¡Hasta ha llorado! Mamá opina que no debo hacerme la ofendida y que no tengo que guardar rencor a Anita ni a Paul. ¡Sólo papá me da la razón! Ha dicho: «¡Esta sí que es buena! Primero, ese condenado chiquillo deja plantada a la niña más buena, lista y guapa de todos los tiempos y se va con otra. Y luego, cuando la otra se evapora, él se arrepiente». Tengo que pensar lo que debo decidir.

A Andi y a Axel también les
he pedido consejo.
Pero no saben qué opinar. Andi ha dicho: «No lo conozco. No puedo saber si es bueno ser su amigo».
Y Axel ha dicho: «Tú sola tienes que saber si lo quieres o si no puedes aguantarlo».
Esta tarde sin falta me decidiré.
Siento curiosidad de saber lo que voy a hacer. Ahora me despido ya, quiero tener tiempo para pensar.

Mil besos.

Tu Susi

P.D. ¡Y no te olvides de la sopa de fideos y de la pasta! ¿Vendrás a buscarme al aeropuerto?
¡Ven, por favor!

P.D. Ya no necesito pensar si voy a portarme bien otra vez con Paul. Ha pasado algo: en el mismo momento en que iba a meter la carta en el sobre, miro a la puerta y veo algo blanco en el suelo. Primero, sólo una línea estrecha, pero que se hace más ancha. Y se convierte en una carta. Me he imaginado que la carta tenía que haberla pasado Paul por debajo de la puerta. Salto hacia la puerta y la abro. Delante de la puerta está Paul, rojo como un tomate, y dice: «Yo, yo, yo...».
Mientras, señala la carta.
Yo digo: «¿Tenemos que hablarnos por carta?».
Entonces él dice otra vez: «Yo, yo, yo...». Y luego corre a su cuarto.
He abierto la carta. Era muy corta. Había puesto:

«Querida Susi: si quieres ser mi amiga, por favor, escribe "SÍ" en un papel y pásalo por debajo de mi puerta.
Tu Paul»

¿No lo encuentras un poco ridículo, abuela? Yo lo encuentro bobo. De todas formas he escrito el SÍ en un papel. Nadie debe creer que me hago la ofendida o que soy una bobalicona.
Pero haré que Paul espere una hora más. Se lo ha ganado.

Otra vez 1.000 besos.

Tu Susi

Domingo, 25 de agosto

Querida abuela:

Ésta es mi última carta desde Isopixos. ¡Mañana nos vamos! Ya he hecho mi maleta. Está el doble de gorda que cuando vine, porque tengo muchas caracolas y me he comprado dos esponjas. Y el papá A.A. me ha regalado una estrella de mar gigante.
Y Andi me ha dado trece álbumes de Micky Mouse.
Y mamá me ha comprado unas sandalias, una bolsa,
un vestido de lino y un sombrero de paja. Paul ha tenido que sentarse sobre la maleta. Si no, no habría podido cerrarla.
Con Paul la cosa marcha otra vez.

Pero ya no lo quiero tanto como antes.
Tras la reconciliación, volvimos a pelearnos. Quería convencerme de que los niños A.A. eran tontos y de que no debía hablar más con ellos. ¡Entonces sí que me disparé! ¡Fue la puntilla! ¡Yo tengo que entender que él no me quiera sólo a mí, pero él no puede comprender que a mí me gusten otros, aparte él! Le dije muy claramente:
«¡O te portas bien con Axel y Andi o no hace falta que vuelvas a mirarme a la cara!».
Creo que lo comprendió. Por lo menos este mediodía ha jugado tranquilamente con nosotros tres. Envidio a los A.A. Se quedan aquí diez días más.

Mamá se ha comprado en la farmacia pastillas y caramelos contra el mareo. Pero quizá mañana el mar estará tranquilo y mamá no se mareará.
Cuando los A.A. vuelvan a Viena, invitaré a Andi y a Axel a casa. ¡Así los conocerás!
Papá y yo vamos a dar un paseo de despedida. Les diremos «hasta pronto» a la arena, las olas, las rocas, las barcas y a todo lo demás, que ya queremos tanto.

Abrazos.

Tu Susi

P.D. Abuela, llegaré antes que la carta. ¡Y me alegro mucho de volver a verte!

Estoy tan morena que no me vas
a conocer.
¡Palabra de honor!

ΑΓΑΜΕΝΩΝ
FIN

# EL BARCO DE VAPOR

## *SERIE AZUL (a partir de 7 años)*

1 / *Consuelo Armijo,* El Pampinoplas
2 / *Carmen Vázquez-Vigo,* Caramelos de menta
3 / *Montserrat del Amo y Gili,* Rastro de Dios
4 / *Consuelo Armijo,* Aniceto, el vencecanguelos
5 / *María Puncel,* Abuelita Opalina
6 / *Pilar Mateos,* Historias de Ninguno
7 / *René Escudié,* Gran-Lobo-Salvaje
8 / *Jean-François Bladé,* Diez cuentos de lobos
9 / *J. A. de Laiglesia,* Mariquilla la Pelá y otros cuentos
10 / *Pilar Mateos,* Jeruso quiere ser gente
11 / *María Puncel,* Un duende a rayas
12 / *Patricia Barbadillo,* Rabicún
13 / *Fernando Lalana,* El secreto de la arboleda
14 / *Joan Aiken,* El gato Mog
15 / *Mira Lobe,* Ingo y Drago
16 / *Mira Lobe,* El rey Túnix
17 / *Pilar Mateos,* Molinete
18 / *Janosch,* Juan Chorlito y el indio invisible
19 / *Christine Nöstlinger,* Querida Susi, querido Paul
20 / *Carmen Vázquez-Vigo,* Por arte de magia
21 / *Christine Nöstlinger,* Historias de Franz
22 / *Irina Korschunow,* Peluso
23 / *Christine Nöstlinger,* Querida abuela... Tu Susi
24 / *Irina Korschunow,* El dragón de Jano
25 / *Derek Sampson,* Gruñón y el mamut peludo
26 / *Gabriele Heiser,* Jacobo no es un pobre diablo
27 / *Klaus Kordon,* La moneda de cinco marcos
28 / *Mercè Company,* La reina calva
29 / *Russell E. Erickson,* El detective Warton
30 / *Derek Sampson,* Más aventuras de Gruñón y el mamut peludo
31 / *Elena O'Callaghan i Duch,* Perrerías de un gato
32 / *Barbara Haupt,* El abuelo Jakob
33 / *Klaus-Peter Wolf,* Lili, Diango y el sheriff
34 / *Jürgen Banscherus,* El ratón viajero
35 / *Paul Fournel,* Supergato
36 / *Jordi Sierra i Fabra,* La fábrica de nubes
37 / *Ursel Scheffler,* Tintof, el monstruo de la tinta
38 / *Irina Korschunow,* Los babuchos de pelo verde
39 / *Manuel L. Alonso,* La tienda mágica
40 / *Paloma Bordons,* Mico

# EL BARCO DE VAPOR

## *SERIE NARANJA (a partir de 9 años)*

1 / *Otfried Preussler,* Las aventuras de Vania el forzudo
2 / *Hilary Ruben,* Nube de noviembre
3 / *Juan Muñoz Martín,* Fray Perico y su borrico
4 / *María Gripe,* Los hijos del vidriero
5 / *A. Dias de Moraes,* Tonico y el secreto de estado
6 / *François Sautereau,* Un agujero en la alambrada
7 / *Pilar Molina,* El mensaje de maese Zamaor
8 / *Marcelle Lerme-Walter,* Los alegres viajeros
9 / *Djibi Thiam,* Mi hermana la pantera
10 / *Hubert Monteilhet,* De profesión, fantasma
11 / *Hilary Ruben,* Kimazi y la montaña
12 / *Jan Terlouw,* El tío Willibrord
13 / *Juan Muñoz Martín,* El pirata Garrapata
14 / *Ruskin Bond,* El camino del bazar
15 / *Eric Wilson,* Asesinato en el «Canadian Express»
16 / *Eric Wilson,* Terror en Winnipeg
17 / *Eric Wilson,* Pesadilla en Vancúver
18 / *Pilar Mateos,* Capitanes de plástico
19 / *José Luis Olaizola,* Cucho
20 / *Alfredo Gómez Cerdá,* Las palabras mágicas
21 / *Pilar Mateos,* Lucas y Lucas
22 / *Willi Fährmann,* El velero rojo
23 / *Val Biro,* El diablo capataz
24 / *Miklós Rónaszegi,* Hári János
25 / *Hilda Perera,* Quique
26 / *Rocío de Terán,* Los mifenses
27 / *Fernando Almena,* Un solo de clarinete
28 / *Mira Lobe,* La nariz de Moritz
29 / *Willi Fährmann,* Un lugar para Katrin
30 / *Carlo Collodi,* Pipeto, el monito rosado
31 / *Ken Whitmore,* ¡Saltad todos!
32 / *Joan Aiken,* Mendelson y las ratas
33 / *Randolph Stow,* Medinoche
34 / *Robert C. O'Brien,* La señora Frisby y las ratas de Nimh
35 / *Jean van Leeuwen,* Operación rescate
36 / *Eleanor Farjeon,* El zarapito plateado
37 / *María Gripe,* Josefina
38 / *María Gripe,* Hugo

39 / *Cristina Alemparte,* Lumbánico, el planeta cúbico
40 / *Ludwik Jerzy Kern,* Fernando el Magnífico
41 / *Sally Scott,* La princesa de los elfos
42 / *Núria Albó,* Tanit
43 / *Pilar Mateos,* La isla menguante
44 / *Lucía Baquedano,* Fantasmas de día
45 / *Paloma Bordons,* Chis y Garabís
46 / *Alfredo Gómez Cerdá,* Nano y Esmeralda
47 / *Eveline Hasler,* Un montón de nadas
48 / *Mollie Hunter,* El verano de la sirena
49 / *José A. del Cañizo,* Con la cabeza a pájaros
50 / *Christine Nöstlinger,* Diario secreto de Susi. Diario secreto de Paul
51 / *Carola Sixt,* El rey pequeño y gordito
52 / *José Antonio Panero,* Danko, el caballo que conocía las estrellas
53 / *Otfried Preussler,* Los locos de Villasimplona
54 / *Terry Wardle,* La suma más difícil del mundo
55 / *Rocío de Terán,* Nuevas aventuras de un mifense
56 / *Andrés García Vilariño,* Miro
57 / *Alberto Avendaño,* Aventuras de Sol
58 / *Emili Teixidor,* Cada tigre en su jungla
59 / *Ursula Moray Williams,* Ari
60 / *Otfried Preussler,* El señor Klingsor
61 / *Juan Muñoz Martín,* Fray Perico en la guerra
62 / *Thérèsa de Chérisey,* El profesor Poopsnagle
63 / *Enric Larreula,* Brillante
64 / *Elena O'Callaghan i Duch,* Pequeño roble
65 / *Christine Nöstlinger,* La auténtica Susi
66 / *Carlos Puerto,* Sombrerete y Fosfatina
67 / *Alfredo Gómez Cerdá,* Apareció en mi ventana
68 / *Carmen Vázquez-Vigo,* Un monstruo en el armario
69 / *Joan Armengué,* El agujero de las cosas perdidas
70 / *Joe Pestum,* El pirata en el tejado
71 / *Carlos Villanes,* Las ballenas cautivas
72 / *Carlos Puerto,* Un pingüino en el desierto